KATO TOHAKU SENRYU COLLECTION

川柳句集

帰一

加藤当白

Senryu magazine
Collection No.20

新葉館出版

篇

乙卯四春

甘苦乃今

涂装出版

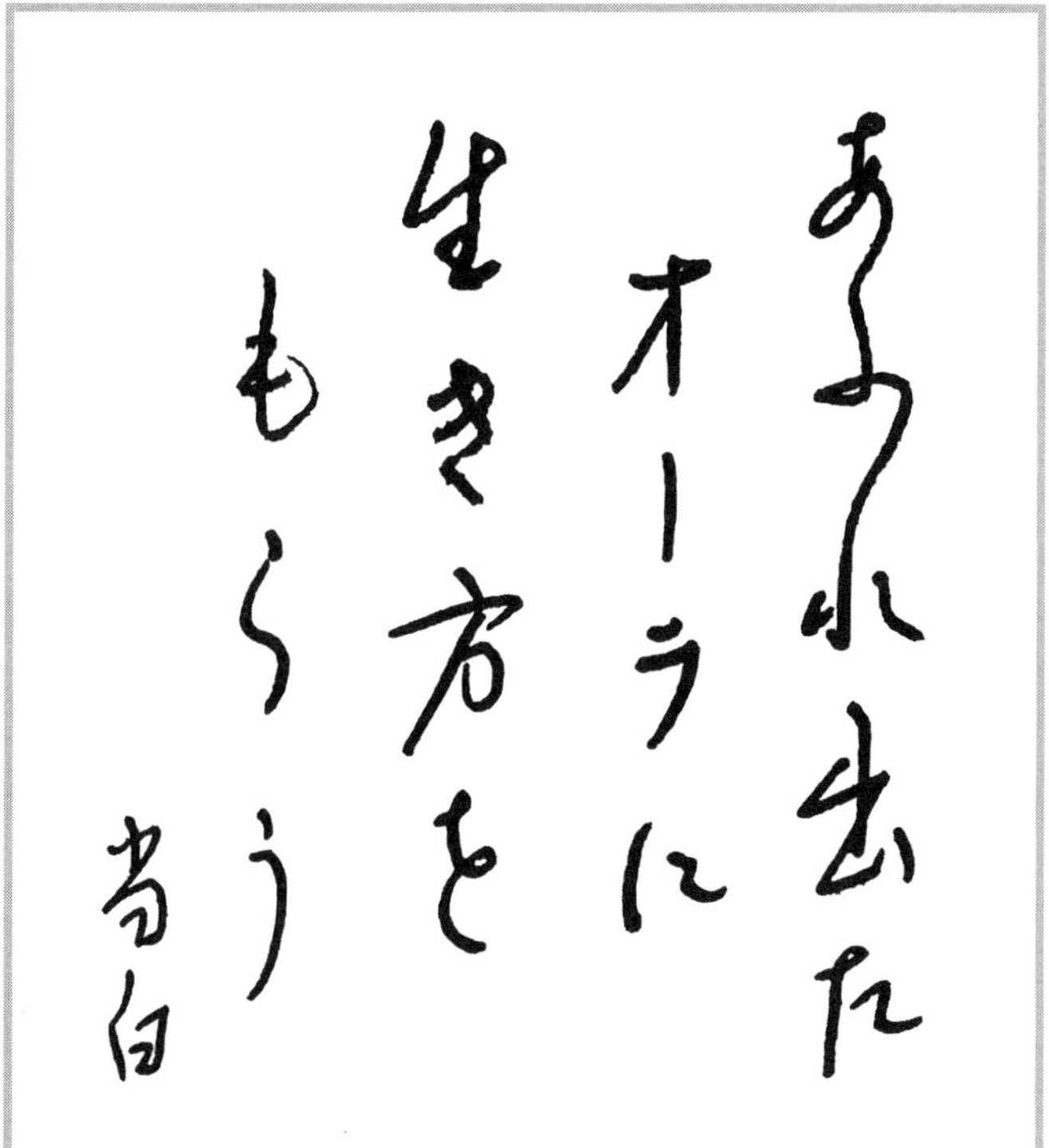

第20回川柳マガジン文学賞大賞受賞作品より
書：加藤當百（亡祖父）句帳より集字

休符から

（第20回川柳マガジン文学賞大賞受賞作品）

際限のないものと知る黒の濃さ
慰めの光度が胸に届かない
静謐を破ってしまう夜がある
音として吐けば跡形なく消える
うつむいていたから見えた靴の向き

月日とは味方あまねく春の色

あふれ出たオーラに生き方をもらう

歌いなおそう新しい弦を張る

休符からクレッシェンドになる羽音

フェードアウトするまで僕の音でいる

帰一■もくじ

帰一

I

残響の止まぬ

留守電にまだ生きていた父の声
聴覚と嗅覚に棲む遠い過去
間取り図に詰め込む夢を加減する

新しい親戚として酌み交わす
ベクトルの起点にバネを溜めておく
前を行く杖がバトンに見えてくる

本物を前に震えが止まらない
正論にすり替えられる結果論
その先は自分次第の接続詞

傷口を見極めてからする話

休日はメトロノームを止めておく

ブラックの味を覚えた一ページ

人並みに老いていく気でいた誤算
シャッターを開ける家族を背負う音
まっさらなページを開く春の風

腐っても元へ戻せるのは心
アルバムの重さは親の愛の量
思春期の部屋バラ線が張ってある

浴槽の海で津波を子に教え

消火器に平穏無事という埃

ディズニーの廃墟を人混みで想う

愛されるプーさん　射殺される熊

キミが読む小説だからボクも読む

ちょっとしたことにも答えない遺影

黒くても心が白と言えば白

囲まれる生まれたときと死んだとき

病院の長イス眠れない一夜

本題へ切り出せないでいるコップ

スロープのゆるさはやさしさのかたち

痛みとの一対一になる寝床

どの医者もみんなおんなじことを言う

持ち家に初めてマルをする重み

覚悟した分だけ重くなる扉

開けておくドアは飛び出て行ったドア
時計からまだ慰めをもらえない
幼児から不意に根源的な問い

遠距離のキミが明日は横にいる
コーヒーのカップに満ちている時間
肩車したぶん近くなる夜空

僕にしか出せない音がきっとある

転調の度にでっかくなる翼

しなやかに威力を隠す水でいる

グラウンドゼロに芽生えた意志である
茶を啜る蓋然的な死を越えて
聖域がまだある脳の展開図

点と点から全貌を炙り出す
ずかずかと神に立ち入る物理学
ありのまま響く開放弦でいる

憧れのままにはしない第一歩
貧しさが自分以上を呼び覚ます
まっさらな紙に決意を迫られる

お手をふれないで羽ばたくところです
強烈な自我へ落款などいらぬ
濾過された言葉が胸に沁みわたる

嫌なこと遠い昔のことにする

未来図へ満ちる今今今の画素

落下するリンゴに託された真理

棺桶の幅　あらためて死はひとり
輪郭にすれば一筆書きの仲
ニューというネオンがそのままの廃墟

黙考を迫るジョン・ケージの無音
あとは飛ぶだけ加速度を信じきる
もう一度チャンスをくれるダル・セーニョ

魂が宿ればもはや手は入れぬ

遺伝子を継いでも自分色のバラ

咲いてから桜と気づく無関心

解釈の自由は生き方の自由
緞帳は不意に下りると心得る
ないのではないあることに気づかない

鈍行の少年ボクを試す夏

人間が出る雑用という仕事

0コンマ数秒の差の死か無傷

全力で走って全力で転ぶ

語群から選べ語群はキミの中

ぬくもりも髭の痛さもある記憶

思い出はスローにすると泣けてくる
この位置は明日拍手を浴びる場所
緞帳が下りて答えを聴いている

幕際へみんなの顔が揃いだす
何気なくめくった本にゴーサイン
大銅鑼が黙って音を聴いている

当てられた光に目を覚ます古典

倒れても芯に縛ってある言葉

意志のあるものはするりと生まれ落つ

この曲がないと親父を送れない
白という起点があった自分色
灰ト化ス明治男ニ敬礼ッ

残響の止まぬグレイトフル・デッド
問いかけを一人称にさせる帰路
生と死の境に見えることがある

火を囲む黙る人間らしくなる
てっぺんもトップも抜きんでた響き

大切な曲は軽々しく聴けぬ

ありがとうを象形文字にして遺す

自分史へ書き込む新しい太字

神様にカメオ出演してもらう

難関は0から1というギャップ

時系列的に正しくない悩み

銃口の穴穴穴へ薔薇バラばら

フェードインこの世へ編んでいく音符

曜日までちゃんと覚えているあの日

自らが肥大化させている不安

音域が広がる僕という楽器
言われないことも言われたことにする
再会へ結ばれていた時と場所

悲しみを濾過してできたいい記憶
平等に天は流しているチャンス
蛇行にも滝にも水は抗わず

濁っても澄んでも留まりはしない
河口までたどり着けないのも定め
湧き水へ深く黙って這っている

気となって源流からを俯瞰する
新しい星座に父がいてくれる
少年に帰るキンモクセイを吸う

生き方のセンス敵対視をしない

親の背を越えた定点写真集

始まりも終わりも白にくるまれる

武器なんかいらないない敵なんかいないない

今日は今日一話完結型で寝る

もう走り出している子へ離陸許可

Ⅱ 無垢な遊び

あの娘までフォークダンスが届かない
マニュアルをはみ出している温かみ
日本が生んだ躾という漢字

オッケーのサインが弾む受話器の手

美容師の帰省身内も客になる

出典の作家に解かせたい国語

ビルヂングここを入ればまだ昭和

しみじみと母国語はいい成田着

影だけは飛び跳ねている授賞式

じわじわと個性を奪う入門書

どっと沸く笑いをちょうど聞き逃す

空席が目立つと来た人も目立つ

育児書の著者の子供を見てみたい
玉入れは誰が入れたかわからない
結局はカネが狭める選択肢

まばたきと完全一致したカメラ

辛いなら笑えと辛いことを言う

ミッキーの納税先は千葉である

休符でも指揮者の位置は休めない
空いている日ばかりなのに被るアポ
本人は必死痛みのオノマトペ

ワイドショー谷啓風に「あんた誰」

いいカメラでなくても撮れるいい写真

牙と牙だから噛み合わないふたり

考えておきますというイヤがらせ

噴水にハダカで乗っていたい夏

子供には大人は初めから大人

名を連呼していた候補者でイイや
入念な校正だとはわからない
予定がある何もしないという予定

逃げたって監視カメラは見てるだけ
なによりの魔除け家族の笑い声
読書歴ドグラ・マグラはありますか

クサいのが伝わってくるクサい顔
作文にちゃんと書かれてあった夢
店員にＢＧＭを問い詰める

ライヴ盤なら味わえるプロのミス

本当は中毒と付く趣味の欄

二番目を買えば恋しい一番目

冗談の準備までして測る距離

8ミリに映った無垢な遊び方

レトロ調よりもレトロな喫茶店

Ⅲ

一に帰す

ガンジス川の砂を数え切れば逢える
歓喜するいのち振り付けなどいらぬ
僕の中の濾紙にかかっている語群

伝えたい想いが乗っている語感

音楽好きの音楽さえも聴けない日

レコードの針が動けばまた逢える

ラジオから後光が差していた一語
リハーサルだから泣かないはずだった
私淑する人の無言を聴いている

予備として胸ポケットにあるセリフ
もうひとつ心に海を持っている
刻まれた音はマーラー第5番

純喫茶ここに座ればニュートラル
亜流から抜け出せないでいる我流
王道の裏にレンガを敷いていく

多趣味とはギターの弦が錆びたまま
感性を試されている抽象画
無秩序の音は中毒性がある

砂場とは舞台が違うだけの友
身代わりになれるものならなっている
無駄にしたセリフを磨き込んでいる

好きな音楽家の好きな音楽家

名月までの距離をとんぼはわきまえる

彼岸からとんぼの群れが戻らない

山頂の位置と高さと現在地
一点の曇りは全体を覆う
音階を昇れば月にでも行ける

一に帰す定めこの世はポリリズム
肉眼で切り取ってあるサンセット
我慢したセリフは寝床まで残る

海を出る覚悟が捨てた鰓呼吸

輝ける者を夜空が見定める

ゆだねるということとポストまでの空

好きな曲これも一耳惚れだった
贈る人なら決めてある助演賞
君のままでないといけない君の役

この曲はスイスの街のタクシーで
北欧のクルーズ船で聞いた曲
オランダの出窓に見えたライヴ盤

カバー曲パラオの海の上で遇う
責めている間も減っていく時間
遺伝子に刻まれていた目覚めの日

生きていることも忘れて生きている

レッスンもなしにこの世という舞台

解説を読むのは聴き込んだ後で

冗談も深い話も伯父の声
にんげんとして放たれるブーメラン
変わらない曲が変わった耳の肥え

遠景のままの気でいる死の写生
自己犠牲マッチに課せられた使命
反省へ拾い集めてきたセリフ

一編と成す曲間のモノローグ
出ることはできない因果論の檻
もうとまだ　自分が決める時間論

森の味火の味がするテント横

気が晴れるメジャーコードの音がする

寄ることにしているカフェに今日も影

ドからドへただで上がったわけじゃない
短3度だけが響いたままでいる
単音がぽたりぽたりと沁みてくる

貯蔵してある自家製の言葉たち
呼気ひとつ吸気ひとつになっていく
公園の親子この世にある条理

手放すとゆだねる欠かせない動詞
有限が無限エピグラフの余白
今という点ことという点でいる

家族会議きっといいドラマが撮れる
一瞬にしたら何兆瞬だろう
嘘だとは言ってくれない仏さま

一音に色のすべてが出せるまで

公転のリズムいのちが舞っている

眠くなるリズムで終わりたい呼吸

限られた音の組み合わせの無数
ひとりだけ笑っていないことばかり
彩りを放つ最小限の音

沈黙が味方になってくれている
今ここへの伏線だったエキストラ
切っ先が一回性を突きつける

一度きりであることさえも見失う
すがっていたのは記憶のひと欠片
闇が噴くどのひとコマを刻んでも

聴覚へやがては呼吸音ひとつ
一線の向こうが足元に迫る
透明にされても自分色を研ぐ

合わせ鏡の顔顔顔が翳っていく
イヤホンと音の水槽へと潜る
繰り返す音型ループする自省

ありきたりの言葉で拒絶されている
五線譜を延ばした先はいつも霧
うまくできたと直感が許すまで

編んでいく音の響きを確かめる
新しいテンポを知ってから自由
ゆっくりでいいゆっくりがいい開花

和音から外れた音としてひとり
小節のまだ黙らせてある音符
一音という過去がまだ伸びたまま

ささめきにふっと振り向く本の森

約束を記す一人称の筆

「未完成」なる曲もある　音を編む

理想像その輪郭を塗っていく
初めての譜面へ変調の嵐
音にすれば一気に五線譜を跨ぐ

採譜されない音がなお沈む
交わった点が始まりだった線
ザッザッとまだついてくる音の影

明滅の一生星も人間も
ずれていくテンポずらしているテンポ
どんな音だって出したら戻せない

躊躇した音も自分が出したこと
奏功は咄嗟に出した音だった
一語ずつ沁み込んでくるアルペジオ

初演日へ譜面の解釈を決める
その楽器その奏者へと託す音
染め上げるのは小節の細部から

遠かった死を近くした祖父母の死
テケテケとアメ車に若い父の影
永年の勤めを終えた母の舞い

母の舞い父はギターをかき鳴らす

生きるとは自分史のノーカット版

エンドロールの最後は妻と二人の子

あとがき

不意に湧いたこの感動をどうにか表出したい、という強い衝動に駆られたことがそもそもの端緒です。ある年のゴールデンウィーク最終日、公園でわが子の驚異的な成長を目の当たりにした一幕での感動は、一首の短歌という形になったのでした。後日、その一首が地元紙に活字となり、ほどなくして川柳という文芸の扉を開けることとなりました。

元来、同居していた祖父が川柳人、川柳を詠まない父も批評だけは達者だったただけに、五七五のリズムや詠まれていることの妙は幼心にも身に沁みていたのか、川柳の選択は自然ななりゆきでした。やがて県外での学生時分に祖父が他界、偲ぶよすがとして生前遺した句集を自室に携えるも、辞書めいた分厚さゆえ、朝の通学前に数ページずつひもとくことにしたのでした。

隔世遺伝というものを自覚したのは、それから18年ほど後のことです。それまで自己表現ということに何ら無頓着であり、その術も持っていなかった自分に、祖父は川柳という種を仕込んでくれていました。あの日の感動がその種を潤し、不格好ながらも少しずつ芽吹いていくのが実感され、いよいよ自身で栄養を与えていきました。

川柳歴が8年目に入った年の、それもかの感動をくれた子の誕生日、『川柳マガジン文学賞』の発表号が飛び込んできました。副賞は句集発刊。ただ、たいした数もない、これまでの自身の作品と相対することが憚れ、しばらくは手をつけませんでした。ようやくの選句も、まるで子供時分の奔放な所業の記憶をわざわざ揺り起こすような作業で、目をやっては伏せることの繰り返しでした。それでも目の前に並んでいたのは、まぎれもなく自身の内から湧き出たもの。一句ずつ、よしよしと頭をなでるように拾っていったのでした。

ここでひとつ打ち明けておきます。川柳を始めてまだまもない時分は、《「川マガ」の表紙になると誓います》と駄句を吐き、知り合ったばかりの柳友に「今はとにかく何か大きな賞をもらってみたい」と大風呂敷を広げ、「そのうち地元の新聞に載るといい」などと野心あふれていたものです。そしてこれらが本賞によっていっぺんに叶ってしまうと、しばらくあぐらをかいてしまったのです。それからというもの、一気に脱力し、作句意欲もめっきり落ち込んでしまいました。こんな態に嫌気が差し、いまだに脱しきれていませんが、本句集の発刊をもってそれも御破算とし、また新たなる自己表現の探求に踏み出そうと思います。この一連の心境は記録として、いやそれ以上に自戒として、そしてこれもまた過ぎゆくことと信じ、ここに記しておきます。

句集を公に出すというのは、相応の歴を経た作家のなすことだとずっと傍観していました。それに、祖父が傘寿記念としてようやくまとめた唯一の句集の傍らに、川柳歴わずか数年の孫のそれを並べるのもおこがましい思いでいます。それでも、期せずしてこうした恩恵にあずかったことで、発刊の至りとなりました。句作の原点にあった感動。将来、再び感動が衝動となり、愛おしい一句へと結実する機会が、幾度となく訪れんことを願っています。

末筆となりますが、これまでにご縁をいただいたすべての川柳作家のみなさま、そして新葉館出版の竹田麻衣子氏には、厚く御礼を申し上げます。

2024年5月　ゴールデンウィーク最終日

加藤当白

●Profile

加藤当白 （かとう・とうはく）

1977年生

山梨県南アルプス市出身・在住

2020年　第10回「高田寄生木賞」受賞
　　　　『言行録からの川柳考』

2022年　第20回「川柳マガジン文学賞」大賞受賞

帰《き》一《いつ》

川柳マガジンコレクション 20

○

2024年12月25日　初版発行

著者

加藤当白

発行人

松岡恭子

発行所

新葉館出版

大阪市東成区玉津1丁目9－16 4F 〒537－0023

TEL06－4259－3777 FAX06－4259－3888

http://shinyokan.jp/

印刷所

明誠企画株式会社

○

定価はカバーに表示してあります。

ISBN978-4-8237-1357-6